W9-BDP-534

DISCARD

DISCARD

¿por qué yo soy yo?

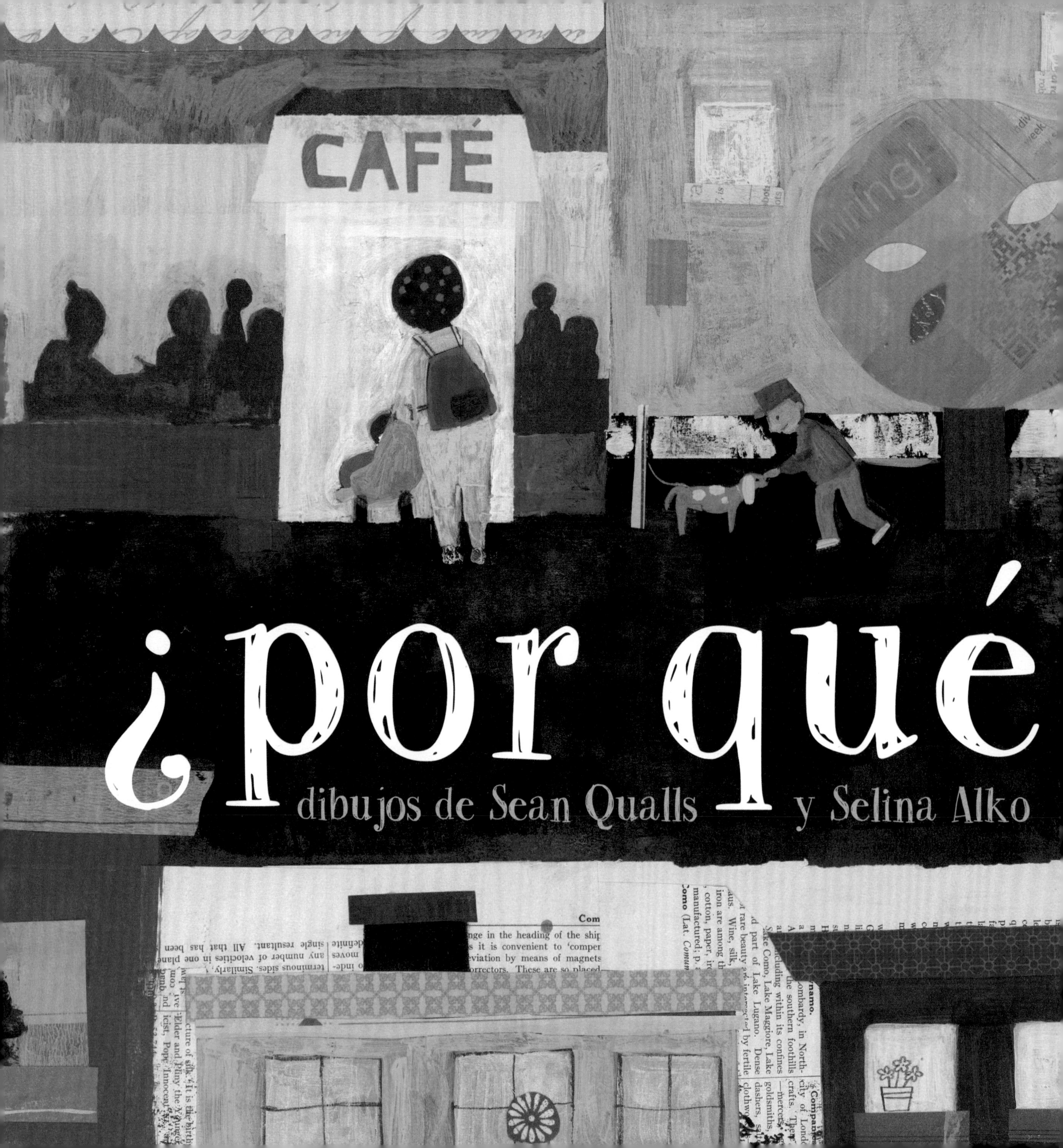

¿por qué

dibujos de Sean Qualls y Selina Alko

¿yo soy yo?

palabras de Paige Britt

SCHOLASTIC INC.

Originally published in English as *why am I me?* · Translated by María Domínguez ·
Text copyright © 2017 by Paige Britt · Illustrations copyright © 2017 by Sean Qualls and Selina Alko ·
Translation copyright © 2017 by Scholastic Inc. All rights reserved. Published by Scholastic Press,
an imprint of Scholastic Inc., *Publishers since 1920.* SCHOLASTIC, SCHOLASTIC EN ESPAÑOL,
and associated logos are trademarks and/or registered trademarks of Scholastic Inc.
The publisher does not have any control over and does not assume any responsibility
for author or third-party websites or their content. No part of this publication may be reproduced,
stored in a retrieval system, or transmitted in any form or by any means, electronic, mechanical,
photocopying, recording, or otherwise, without written permission of the publisher. For information
regarding permission, write to Scholastic Inc., Attention: Permissions Department, 557 Broadway,
New York, NY 10012. This book is a work of fiction. Names, characters, places, and incidents are
either the product of the author's imagination or are used fictitiously, and any resemblance to
actual persons, living or dead, business establishments, events, or locales is entirely coincidental.
ISBN 978-1-338-23344-5 · 10 9 8 7 6 5 4 3 2 1   18 19 20 21 22
Printed in the U.S.A. 08 · First Spanish printing 2018
The art was created using acrylic paint, colored pencil, and collage.
The text and display type were set in Two Fingers Bodoni.
Art direction and book design by Marijka Kostiw

R0451810630

A Peg Syverson y Flint Sparks,
por hacer la invitación para ver
y ser vistos. —P.B.

A Ginger e Isaiah,
ustedes son el futuro. —S.Q.

A Sean,
con asombro eterno. —S.A.

y no

otras personas diferentes?

Si yo fuera otra persona,

¿quién sería?

¿Alguien más alto, más rápido,

más bajo,

más
inteligente?

Si otra persona fuera yo,
¿quién sería esa persona?

¿Alguien de piel más clara, más vieja,

de piel más oscura,
más atrevida?

¿Quiénes somos
en este mundo...

¿Por qué...

yo...

soy...

yo?

¿Por qué...

yo...

soy...

yo?

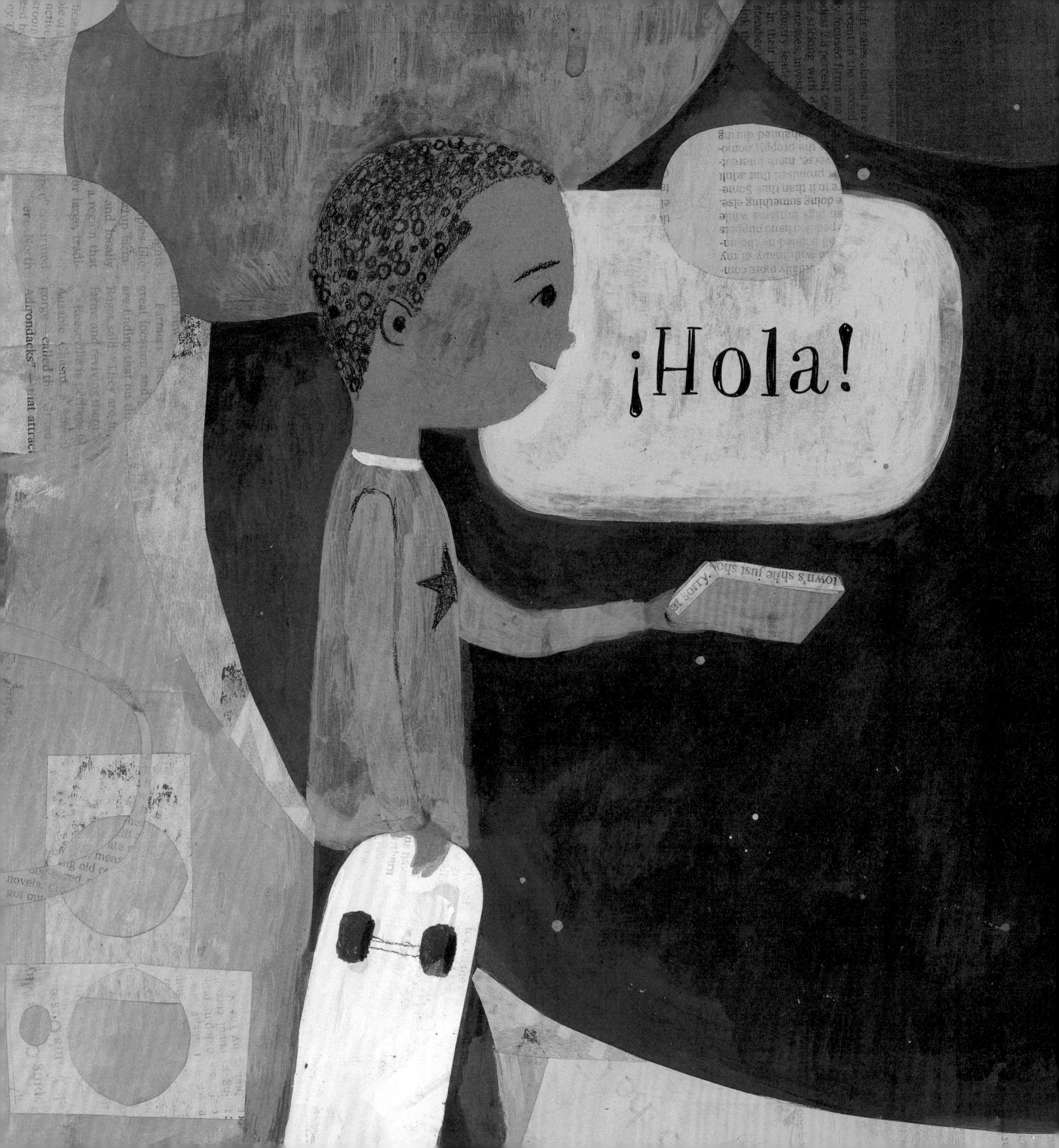
¡Hola!

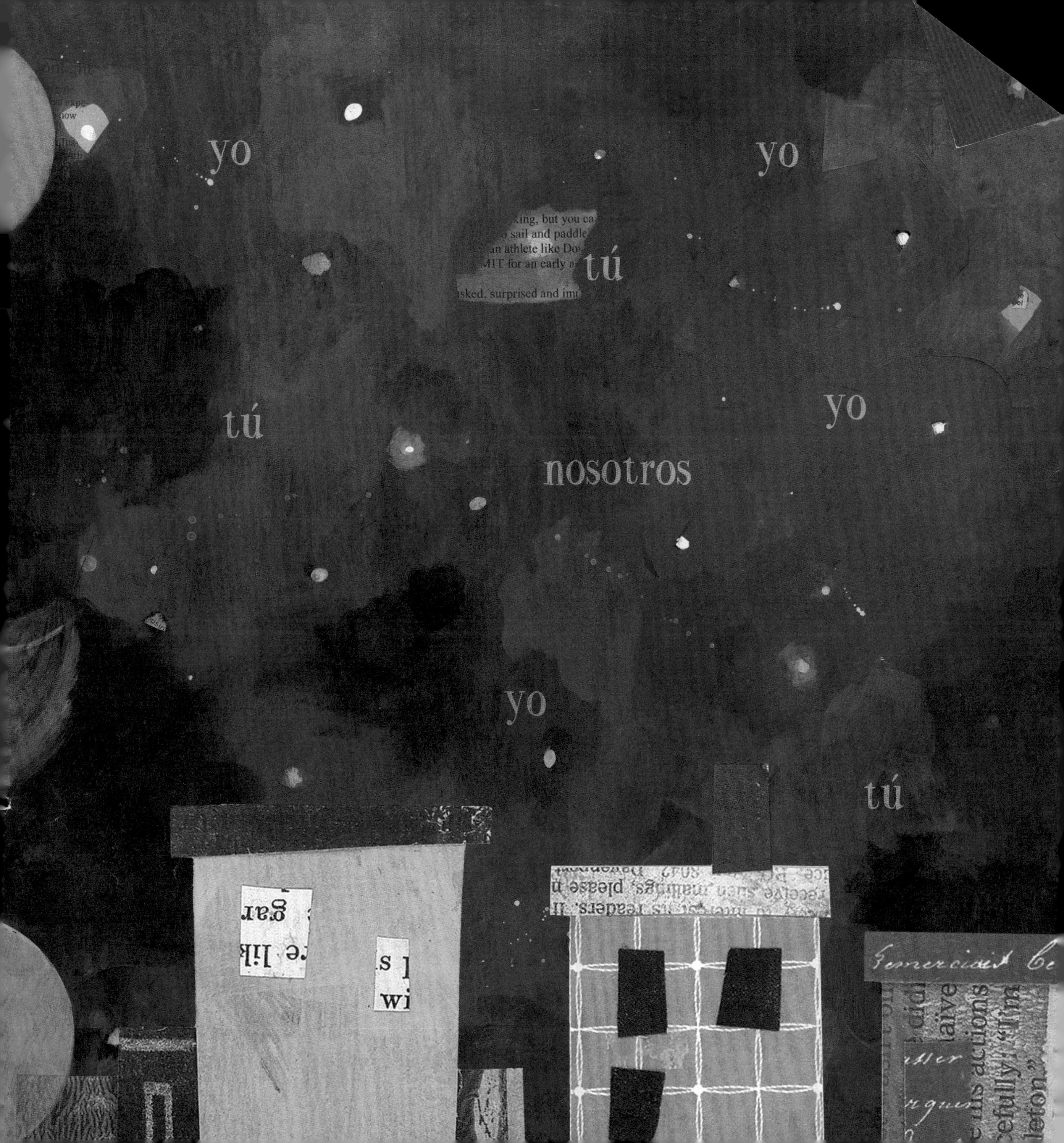

yo

yo

tú

tú

yo

nosotros

yo

tú

king, but you ca
o sail and paddle
an athlete like Do
MIT for an early a

asked, surprised and im

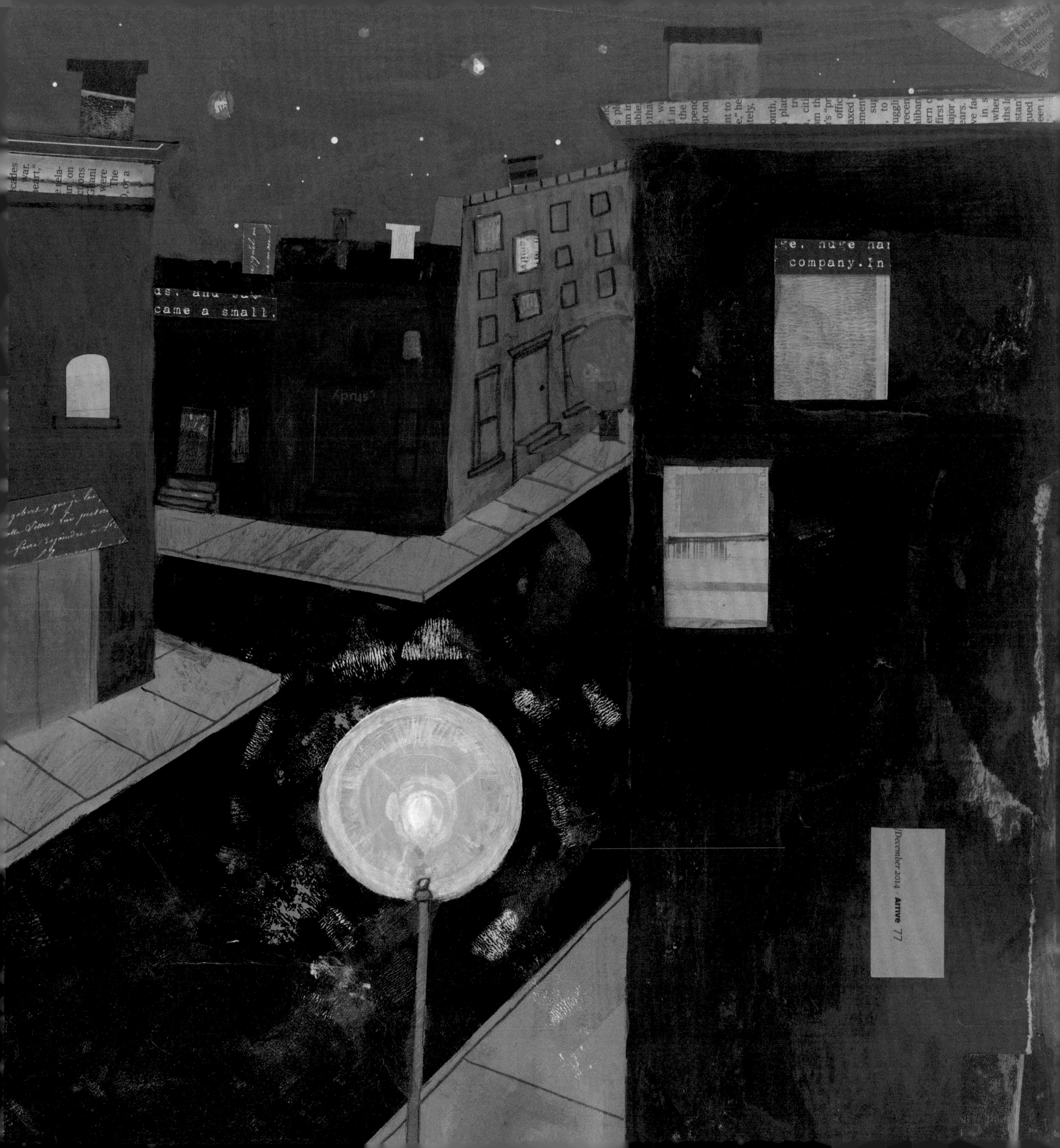
came a small.
company.In
December 2014 • Arrive 77

Paige Britt ha estado haciendo preguntas profundas desde que era una niña pequeña. La búsqueda de respuestas la ha llevado a escribir libros que podrían motivar a los lectores jóvenes a pensar, explorar y estar atentos a los misterios de la vida. ¿por qué yo soy yo? es su primer libro ilustrado. Paige vive con su esposo cerca de Austin, Texas. Descubre más sobre ella y haz preguntas en www.paigebritt.com.

Sean Qualls teje el mundo en sus dibujos y encuentra inspiración en todas partes, desde viejos edificios, cuentos de hadas, artefactos de la cultura negra, la naturaleza y el arte marginal hasta la pintura rupestre, la cultura visual africana, la mitología, la música y Brooklyn, donde nació. Su rica obra cubre un amplio conjunto de temáticas, siempre conectadas por medio del uso lúdico del color y la composición, y ha sido impulsada por su curiosidad, su empatía y su sentido de justicia social. Sean vive con su esposa, Selina Alko, y sus hijos en Brooklyn, Nueva York. Descubre más en www.seanqualls.com.

Selina Alko siempre ha sentido curiosidad por gente y culturas diferentes, seguramente debido a que creció con una madre canadiense y un padre turco que hablaba siete idiomas y le enseñó a pintar. Su arte está lleno de optimismo, experimentación y un profundo compromiso con el multiculturalismo y los derechos humanos. Selina vive con su esposo, Sean Qualls, y sus hijos en Brooklyn, Nueva York. Descubre más en www.selinaalko.com.